文芸社セレクション

何かシラけた

—最後の万難—

菅野 紅

SUGANO Kurenai

文芸社

目次

何かシラけた

―最後の万難―

1　私の若い頃は…

当方、どー記憶をよび起こしても化粧を二十代にしてた事が無く、日焼け止めさえ塗らなかったのが脳裡にあります。

写真の被写にもならなかった様な気もして、従って今、過去のスナップ写真なんか人に見せても〝スガノさんの若い頃って可愛いかった（んなバカな）んだね〟なんぞと言ってくれるヒトはいる筈がない。

その証拠、不美人の当方には都合いいのですね。

自分の若さに気が付かんのが「若さ」なんだなぁ、まぁ当方は「バカさ」ですが、そんなのどーでもいいじゃんかぁ！

でもトシゴロの娘がお洒落れっつうモンのしなかった、ってやっぱ変わり者の部類に属するのだろーか？　無頓着と吝嗇。これがいかんのでした。

ヘアスタイル？　理容店（床屋サン）に行ってたし、ブティックなんて存在も知らなんだ。

ヘンに色気付くよりいーじゃんか、なんて矢張り〝どっか変〟。

十代の頃とてMさんと競って六十キロ台。

そいでもダイエットなんてしたりせず、アイドル歌手にもネツ上げもせず…とこんな風に兆候はあったんですね。そして前述通りの二十代。

が、なんてこったい、己の齢に愕然としても若くなる訳なく〝アンチエイジング〟用の何とかクリームで（若くなった気になる）しきゃないなんて！

そいでホントに『見違える程』になんのかね。と懐疑的になる当方。

三十路近くでやっと化粧をしたんですが、大して変わらないと知悉しちゃったもーん。

その間当方がしてたのはお化粧の研究じゃなく、下手クソなイラストを描く事と拙い文章を書く事。うーん、ツケが回ってきて苦悩、困窮の日々。

行きつけの居酒屋じゃないから「今晩の分、ツケといて」なぁーんて繰り返し、借金が累積しちゃったのと大同小異（でもないか）。

今の若い者は…とか、私の若い頃は…とボヤくようになったらトシだと（勝手に）決めるんだけど、当方の私の若い頃って…と思います、はぁ。

しかし、暗中模索するしかないんですね。

今の若いコにナンクセ付けたくとも、逆にあのおバカ振りは羨望します。当方これでもシャイだから、例えばあのハロウィーンなんか、女の子でもゲバ棒持っていざ「突撃!隣の晩ごはん」というデモ行進みたいなパレードは無理だろーなー、幾ら仮装してるといっても、ねぇ。

当方の若かりし頃が不完全性燃焼ぽかったからね、忠告する訳じゃないけど、若い時分は思い切り遊ぶほうを、おべんきょよりは優先したほうがいいみたい。勿論打ち込める事も徹底に。

どっちつかずだったもんなぁ、ワタシ(何故か遊びたい、と思わせるアミューズメントがなかっただけ)。

ただね、後悔は始めに経験出来ないって覚えて置いて。誰でもその時が『あの頃は…』になるんです。今が若いのですね。

後X年若かったら、の今現在。先々なんてもう無視。直向きに生きるのが青春なら真似してもいいじゃないか、その若さに、なのです。文句ある?

かく言う当方、恥ずかしげもなく十代や三十代の服着て公共の場へ(二十代の服は色褪せして型崩れしただけ)行きますが、その辺その二十代の頃と変わらず無頓着で吝嗇。これは流石に私の若い頃とはいえませんが。

でも所謂〝若さ〟って十代、二十代って決まったのは古い時代じゃないかなぁ。

そして「若さ」を意識した途端がチルチル・ミチル。

そんなコト言ってるから「ワタシの青春暗かったー」になるんですねぇ。

あんまりにも惨めだったからもう後Y年若かったら、なんて思えなくなるんですね、これが。

爆弾は投下されても何事もなかっただけ。

この不発弾の今後を焦ってもいーのに、どーでもいい愚考に耽る毎日。

こーいうの、〝人間考える葦である〟に当て嵌まりません。言うまでもありませんが。

あの頃は、はっ!とかふざけてる場合ではないっ！　混乱気味なのはまずマシとして下さい。

さーてどーしよー、脆弱、愚昧、と揃った当方を雇用する奇特っつうかアホはおらんでしょうしねぇ、人事みたいに焦点を逸らすのは考えたくないだけ。

現状維持を願うトシも過ぎていますが。

だ・か・ら、若い頃なんときゃしとけばよかった、と『後悔先に立たず』のお手本のようなもの。

役に立ちました？

自慢になるならしたいものが、無知と診察券の枚数。

これじゃあねぇ、本当に老いた時、〝今の若い者は〟という風に当方も喝破してやりたい。

「私の若い頃と来たら」

2　おにぎり考

当方、目下考え中なのです。愚者だから愚考する、致し方ないので賢者ならきっと考えないだろう、〝おにぎり〟に関してなんですから！

その賢いヒトなら、おにぎりを論ずる（この場合、論、なのです）んだろうなぁ。海苔に於ける乾湿度について、とかなんとか意味明瞭なのか不明なのか、でワタクシならノリの巻き方、グルグルと巻いちゃうか、帯状にしたほうがいいか、くらい。

そしておにぎりは〝三角形〟〝円形〟〝俵形〟とあるのに〝四角形〟は何故ないのか、と〝コドモ電話教室〟なみ。

そりゃ抜き型には色んなのがありますが、（これはちょっとなぁ）てなのないでしょう？　おにぎりに奇抜は御法度なんですね。少なくとも庶民の簡易食は民主的に。

突飛なのはコンビニエンスストアに任せましょう。

重大なのは中身。ご飯が美味しいならそのままの塩だけので充分。

しゃけ、たらこ、うめぼし。おかかにつくだに。（平仮名で統一してみました）、こんなんが一般的なんじゃないでしょうか。

しかしコンビニにあるものって、なぁーんも脈略なくマヨネーズ系がやたら多く、〝ツナマヨ〟の発祥地なんですね。

当方のお気に入りにはソーセージのおにぎりですが、これにもマヨネーズ、使っていまして不思議と合うんです。でも「ツナマヨネーズ」はなぁ、食う気しない。古い人間なのです。

一時ブームになった（ならないか）、コンビニエンスストアのおにぎりのそのフィルム、例のまず中央を引きちぎり……云々ってのよく考えた、取るかよけーな細工考えつきやがって、と取るかは個々の自由ですが。

その中身。サラダ系は不協和音が聞こえそうで。それとW炭水化物の焼そばかなんかも芳しくなさそうで。

例えばおはぎに餡やきな粉があるのに、おにぎりには合わない。おんなじご飯なのにぃ？　今気が付いたんでして、お萩ってうるち米？　ああ、こんなんかんがえんとって録画しといたもん片付けるんやった。

でもねぇ、おにぎりにゆでたまご、これは止めて欲しいなぁ。煮玉子ならセーフですが。

で、お塩だけの質素なおにぎり。中身なんかもない。そーいうの疲れておナカ空いてて…という状況下におかれた時食べてみたいなぁ。

ご飯の仄甘さと若干の塩気。それが贅沢な食べ物の時期もあったのです。

ほんとーのおにぎりってここから始まったのかもしれません。なんて言ってタラコの焼いたのが一番好きで、次には中辛のしゃけだったりするんですね。

コンビニエンスストアの新作のおにぎりはややコワい。

果たして…というのが多いからでエスカレートするばかり。並んでいるのを見て、そしてうーん、どーしょー、そーだなー、と煮え切らないのもこんなんありぃ？　というのばっか開発する。研究、というか試作するのは平成生まれ。そんで得体は分かるけれど（こんなん、おにぎりに合わせんのぉ）というもんばっか。

前述のソーセージおにぎり、マヨネーズ増量は確かに成功、選択肢を誤らなかったものの勇気が要りました、しょーじき。その前は「ちりめんオカカ」だったし。数えてみると驚く程少ないけど、食べて失敗が多く〝二度と食べるか〟っつうのに類似してるんですね。だから在り来たりのもんに落ち着くんです。幾らなんでもねぇ、何でもかんでも押し込んどきゃいいんだ、なんてコトないでしょ?

おにぎりの形からノリ、そして中身につべこべと意見ばかり。

『おにぎりの論説』をレポートに五十枚以内に書け、なんて命令された訳でもなんもない。愚の骨頂とはこーいうコトを言うんだねぇ。

相手はご飯を握り中になんか詰め込んだもの。ただ、うめぼしの種は頂けないのです。

でも、おにぎりって食べる際咽せる、つうか悶えません?

美味しいんだけどねぇ、と貶挙褒貶のある単純食はこれしかないでしょう。

おにぎりはおにぎりで炊き立ての熱いご飯で握れ、だの御託を並べる。ワタクシ手の皮がうすいのっ、ツラの皮と反比例してっ!

でもね、人の作ってくれたほうが断然美味しいんです。どしてだろ。形なんか歪でも、あんま好きじゃないコンブの佃煮でも。

それはたかが『おにぎり』だけど、それでも侮れない。

3　お子様ランチの旗の重要性

子供、それも限定期でしか食べられず、大人は食べる権利も自由もない、そんな〝お子様ランチ〟あなたも食べた事あるでしょう？　ない？　ふうん。

ケチャップライス（ピラフのところもあるらしいが）、小さなハンバーグとケチャップだけのスパゲティ、……、色彩の野菜はほんの僅かのミックスベジダブル。だったような、朧気な記憶。だが、そんなんで構成されてたんですね。

そして問題は旗。型で抜かれたケチャップライス（とするが）の上に立てられてこそ完成するんです。

その際、国旗が使われ、子供は一緒に行ったお父さんかなんかに訊く（でもそのお父さんも知らなかったりして）。

一番分かり易い日本やアメリカなんかになんないかなぁ、なんて思ったらドミニカ共和国だったり。

しかし日本はあの「しろじにあかく―」だけ。別に〝ああうつくしい〟とかああ、なんて感嘆する程じゃないような。

が、これがケチャップライスの頂にあると断固映えるんです。そのコントラストとどこか凛とした雰囲気さえもあるのに愛らしくもある。

当方、百貨店の大食堂のその旗を何度も持ち帰ってました。考えてみると特には…後で調べよう、なんていうコドモじゃなかったから役立たなかったけど。

だからこそ当方、未だにイタリアとドイツを間違ったりしますが。これは読まなかったフリして！

今もこの〝お子様ランチ〟は衰退をみせず、健在どころかどこにだってある。何処に、でもバーなんかのお酒を出すところにはない（と思う）、喫茶店にもこれはメニューにないなぁ。矢張りお子様ランチ、大人のモンじゃないんです。

チェーン店のファミリーレストランはクルマの形をした器に盛られて…ハタ、と考えて、旗が立ってただろーか、見逃してしまった。

だーってさ旗のないお子様ランチはクリープのないコーヒー（当方は要らん）か、小田さんの居ないオフコースのようなもんで（古いなぁ）、ピクルスのないハンバーガーとか例はあります（今直ぐに思い付かないだけ）。

旗ハタ、と煩いけど、あれ、日本かなんかの国旗に決まっていただろーか、つうことが分からなくなってきた。

思い起こせばそのデパートのロゴかなんかだった、つうこともあったりしただろーか?

何しろX十年前のコト。

曖昧で覚束ないのでありますが、ただ旗だけはあったのです。確固たる自信はあります。が、当時のお子様ランチには、と付け加えてます。

そして蕎麦、ラーメン類のお店にはない(定かではないが)、と言っておきます。

あの高い小さな木製の椅子。それを見て感慨に耽ってる当方でした。

思い出の中のお子様ランチ。もう一度食べたい、でも年齢詐称して、「トシ取って見えるけど五歳です」なーんていえるぅ?

〝お子様ランチ同好会〟を結束し、廃屋で作り食べる。別に犯罪者が爆弾制作のアジトじゃないんだから許せますよね(同志がいなかったりして)。

自分で作る、まぁケチャップライスはプリン型を使うにしろ、何でも小さく、少量に作んなきゃなんないのって面倒い。

旗なんてない。楊子で作れってぇ?! んなバカほざくな!

でも大人用にする時点でもう〝お子様ランチ〟ではないのっ！

当方なら『中高年ランチ』なんですから、〝お〟が付けようないんですね。

三歳児に付いてて、です。そういや〝様〟もないっ！

奥さまランチ（そんなもんないけどさ）と何となく似てるなぁ、なぁんて。それには何故か国旗を始め旗が立ってない気がしたりして。奥さまランチは瀟洒なレストランのコース料理とかなんですから。

絵画にしろアクセントの役割が重大なんです。

その為にそのフレンチ（にしておく）には、気取ってるんではなくなんやら香草をあしらっていますね。当方それも食べますが。なんも「変わってて面白い」とか「珍しいがな」なんつう安易なキモチからではないのです。

時、ベビーブームか万国博覧会か迷ったんですが、万博。

折しも小さなコドモに一品の料理が出来ました。なーんか足りない。ポイントが欲しい。ファッションでいうところの〝アクセント〟んで、小さな国旗を立てることにしたんです。この考案者。あの旗の重要性。いつまでも心に残る、懐かしくなる、その為にああいった一皿をお作りになったに違いありません。締め括ります。

4　急募中なのは？

求むのは　明るい笑顔か　お仕事か　　菅野紅

との冒頭は、当方の実感のこもった句。

他にも、元気一杯のスタッフ募集、あなたの笑顔を求めてます。と、必ずといっていい程〝明るい〟（蛍光灯買うのかよ）〝素敵な笑顔の方〟（おかしくないのにそう笑えっか）。

両方に問題のある当方、そんなんで不採用になってばっか（人間性をも見抜いてるのか、たった数分ぇ？）。別にそんなもん必要としない仕事を実地面接。

ビジネスホテルのベッドメイキングなんですが。これ、求めるのは〝腕力〟ではないであろうか。どーして何もかも明るさや笑顔が付随してくんだ!!（尚、ベッドメイキングはその場で落ちました）

ワタクシ、確かに元気（このトシになったら丈夫というコトバを使うが）。蒐集してんじゃないかと思える診察券の枚数。笑顔は作れば不気味になるし、愛想もない。

鈍くさい当方が、悔しいのは『若さ』だけで何もなくとも（笑顔や器用さとか）「どーぞどーぞ」つうカンジで採用されちゃうんですから。

あそこのコンビニエンスストアの深夜の担当のニィちゃん、どっちが客だか「有り難うございました」も言えん。なのにさー、しっかとバイト料もらってんだぜぇ。この不条理に対して何か御同意頂けましたら挙手を御願い致します

元気な笑顔どころか「クソ面白くねぇ」という仏頂面。そんなお弁当は賞味期限切れなのではないか、と邪推したり、釣り銭をよっく確かめたり。

深夜働いてて大変なのは解っけど、ロコツに顔に出さないように。

そん時は銀行強盗なんかも、汗（冷や汗か？）流して悪事を働いてて、キミのアリバイはしっかとあるんですし。

でももっと〝緊張感〟を求めてますね。強盗ではなくコンビニエンスストアの君、キミのことっ！

その点、ウチの近くの某書店の、三十年間三十歳位で変わらぬおネェさん、ほんとーに感じが良く、お仕事は丁寧、迅速だしマニュアル的な笑顔もなく、道で会ったりしても挨拶してくれて、話こそした事のないものの〝素直〟な女性なんですね。

『マニュアル的笑顔』…なんて書いたけど、うーん、そのプロが水商売の方。お付き

合いといえども、そのマニュアル笑顔絶やさず、ほんとーは目の前のボトルでアタマイッパツやりたい程の嫌ァな客にもニコニコ、「ここんとこ如何？　ゴルフのほう。たーさん(そのブン殴りたい客)だから腕前上がったでしょう」とかね、考えると可哀想になってくる。

このマニ笑(略す)お水界より甚だしいのが『会社』。

営業課に回されれば下戸で一滴も呑めないとか言ってらんないし、接待ゴルフでたまの休日も台無し。「ナイス・ショット！」なんてココロでは〝なんだあのドンくささ〟なぁーんて思っても、その片鱗も見せず。

仕事は生活費に消えごはんとなりて去る、なんです。

再就職　したい時には　衰えぬ　菅野紅

こー気力体力共になさそーに見える当方、雇用してくれる偏屈居ないみたいですね。同病相憐れむ、とか偏屈同志で。

しかし、面接に往復千四百八十円かけて、ほんの若いコムスメに人間性なんて知ったカオされてごらん。

「あなたにはこの仕事、不向きだと思います」

何様なんだアンタ、そんな高尚な人間なのかよー！と、こっちもそんな片鱗もみせず「宜しく御願いします」。

なぁんて帰り際、選挙の立候補者みたいにさ、Dコーヒー、一杯だけで、金済ませるな！

という具合に卑屈感で覆われ、そしてこのヤロー的に終わるんです、いつも。あー嫌！

幾らPCを習っても駄目な者は駄目なのっ、あの小娘の言った通りだったら…癪だなぁ。

今、気が付いたんですが、男子のアルバイトに明るさや〝笑顔〟ううーんとこの場合〝爽やかな笑顔〟を求めるって聞かないなぁ。これ男尊女卑？

笑顔絶やさないキミ、募集中、なんてちとキビチ悪い。それではホスト・クラブ（なーんか想像出来る）じゃないか。あれは〝笑顔〟というより〝媚び〟でしょうねぇ。

広告には〝元気一杯〟と書くのが関の山。曲者は〝明るい〟で顔付きで判断されがち。

と、あっかるぅいナッショナル…と一旦骨休め。電球より白熱灯を発明しちゃったのはエジソンだけど、どんな求人広告にするかっていうのは人事課の人、学生バイトに頼んでたりして。

当方ならこうする。まずいカオでもいい、暗くたっていい。『意欲的な』意識を持って欲しい。これで良い人材、来るに違いありません。

年配の方のほうが元気で意欲的だったりしますので。

5　教育上云々と、言うけど

現代は、教育委員会がそれはもう?と首を傾げちゃう短絡さでもって、「教育上好ましくない」とかなんとかにメクジラ立てちゃうんですよね。

体罰なんてのが『教育上の上』のアリア、とふざけてらんないナンバー1くらいに、とやかく姦しい。少しだけコズイただけで『体罰』と称され、その教師、減給処分。それか謹慎。

果ては「子供を叱るな、小言も駄目、口に気を付けろ」。

そんじゃどーやって〝躾〟なぁんて出来るのぉ。気ぃ喰わんのはコドモはヌクヌク、デカいカオしても、仔羊みたいに思われてるってコト。

当方達の子供の頃、そういや腕力使う教師っていなかった(コトにしといてやるぞ、O! 確かにアンタの小狡さ、傷ついたんだからな、言葉の暴力!)。

父母の世代には体罰は日常茶飯事、騒ぎもしなかったと言うばい。いーまもむかしもかわらないーのではないんですね。

ただ、せーととしては、皆が〝金八先生〟みたいなのを望んでいないいっつうこと、当方が尊敬出来るのがその生徒の少しの力を最大限に伸ばしてくれる、少しだけは厳しさがあってほしい、以上でした。私事の意見ですが。

後、「教育上」にいいか悪いか、ってのがテレビ。これは昔も酷かった。

だからと言って少年少女、皆影響を受け、非行に走る訳ではないの、委員長さん。

当方としてはトラとウサギとが仲良くしてる番組(コドモ番組だけど)のほうが〝ちょっとマズいんではないの〟って考えるなぁ。親子で観るんだったら、弱肉強食を今から知っといたほうがいい。その為にはトラとウサギの番組は却下。そんなに甘いモンじゃないいんだぞ。

なのに必ず残酷だ、教育上好ましくないこと甚だしい、なーんてクレームが。

隠しておくのが教育上この上ない、とでも仰るんでしょうか? まぁこれには異論がお山程あるに違いありませんが。

現在のテレビ放送、ありゃなんだ。へー気で「教育」に害する内容ばっか。なのにだ、「そこんとこ、大目に見てやろう」なんてムシがよすぎるのであります。当方テレビという媒体はあんまり観ないんですが、少し拝見してみると、まぁなんと雑でギャーギャー騒ぐばかりで（民間放送）の悪評がさぞ、と案じてもこれはテレビ界の日常になっちゃってるのか、「教育委員会で取り上げた」といった例は聞かないんですね。深夜放送にアニメーションをやろうが、子供が喜びそうな番組をやろーが好き勝手。

二時を回る頃に働くのは悪事を企てるヒトビトだけかと思っていました。今四時はもう明け方の四時五十二分。こーいう場合もあるんです。テレビなんて確かめたらブレーカーがとぶしね。

教育上の問題からやや離れちゃうけど、大人には「教育上何とか」は問われないのであります。

で、教育の在りかたって？　自分達でルールを作って押し付けてるだけじゃないのぉ？　あんたらと子供の価値観は違うんじゃない？

なにもケチ付けようっていうんじゃないです。

道徳（今もあるんだろーか、この授業）で、自然と分かるんです。そんなに至れり尽くせりすっことない！

それよか詰め込み教育が「教育上ムリを来している」と愚考するんです。自分で自分の首締めているんですね。これは教育委員会の面々、なにも言わず。

善悪の区別くらいは『躾』によって学ぶんです。そいで前に書いた今の躾方が心許ないんでありますね。

インターネットの嫌がらせ、これは教育委員会の範疇ではなく、「なーんだぁ、ちぃーとも役に立ってないんだぁ」。

さあて、と、この小姑的委員会、どーなるんでしょうか。んなコトもう知らん。が、その肝心の子供達、あれこれお達しが出ても、つべこべ言われても、元々気儘に育ったんだから別段窮屈そうではない。

「あの先生B組のタナカ君の頭ぽん、と叩いたから騒ぎになってるんだって」
「たかがねぇ、きょーいくいいんかい、てどうかしてるねバッカみたい」
なんてこーいうの、親の気持ち子知らず、つうのか。

あんたらは報われてないよ。もっと前に活躍してたらって恨むよぉ、君達。で、お訊きしますがどんな基準で良い、悪いを決めるのか、何卒おせーてください。言えんでしょ、御自分等の企業秘密だから。

そいとも靴投げて、裏が出たら悪い、表なら良し。なーんて日和見判断ですか。グラスの底顔が合っても言いように、的確判断の方がいいじゃないか。今度は『令和教育委員会』ですね、頑張って下さい。

6　最悪の十二月

当方のサイアクと言ったら〝金銭の流出〟しかない…気がします（現況は）。

まず肺炎、これは九月頃入院。約四十二万。

後事情は割愛しますが、破損したデスクトップパソコンの収集と代わりのパソコンを購入、これは十四万程。そして、今回プリンターも調子が悪く、修理に出す時間がなくこれも購入してしまったんです。

更に、今回左肘の骨折。これは手術さえも必要なんです。

常に金欠病の当方、なので欠陥のある新品のパソコンの修理費、要らなくなったパソコンの引取り費、もー嫌になった!!

あっ！　十二月中旬には右脚を圧迫骨折してたっ！

そんで、イノチに関わったかもしれんこの左肘の骨折（ここ、笑わないでっ）ですが、眠剤を前日嚥んでそんでバッタリ、ひっくり返ったカナブンみたいになって（ここも笑うトコじゃない！）ジタバタしてるところを近所の方々に助けて頂き救急車。そんで「おばあちゃん、大丈夫？」にはうーん複雑。

そうだったっ‼　当方掛かり付けの病院に行く最中だったんだ、別の病院に運ばれ恬淡に「手術して下さい」と紹介状を渡されると従うしかないじゃないかぁ！

明けて二十五日。クリスマス・デー。あージーザス！

おしごとの目処が付いたら直ぐにでも入院したいです。あのメシと寝るのだけが待ち遠しい退屈極まりない入院ですが。利き手で助かった、と思いきや難行苦行の連続。

それにしても痛いんです。はい。

加えて金の大損害、大雨洪水ん時の川に近寄るな、つう事で見に行ったりはしませんがこんなんじゃないかという流れなんです。

んで、また金銭のコト。当方〝カネ命〟つう訳ではないのです。確かに卑しい響きですが。所謂勿体ない根性、昭和ヒト桁みたいなニンゲンなだけ。

で、お水に電気にケチるののどっこがいけないのぉ！　節約生活もいいじゃないかぁ！と、いった次第なのです。『清らかなどケチ』とでもしましょう。

だぁーってさ、何も当方大金手にして遊んで暮らす、っての大嫌いなんです。

こーゅーの、貧乏性てのぉ？　精神的にも実際的にも余裕はないのですが。

この清貧、清らかと言ってももう五日もおフロに入ってない、つうか入れないのですね。入浴するには着ていたセーターを切り裂かねばならず、気に入ってるセーター（廉価だが当方には高価）でこれは愛着心。

自室は粗大ゴミ収集所みたいですが、それでも潔癖で全身清掃しないと（それも丹念に）メンタルのほうにも影響するんですね。

こっちは金も要らない、というのは甘い。当方頑固な不眠症で、あの、えっと、うんと精神科で、薬と尚も「それでも眠れない時」の頓服貰ってんのです。文句言わんといて！

これも若かりし頃勤めていた斜陽会社を馘首になり無一文、三日食べず（水道は止められんかった、今のように携帯電話なんてなかったのです）。後は割愛しますが、十円玉を手に入れた、まぁ、拾得物横領の前科も…その、あの、なんだ、公衆電話に。

それ以降だろーか？　このケチ振りは。で、その某年後のことしのよごれぇーはことしのうーちーにとか言われても、最早クリスマス・イブに転倒してのギプスで身動きもままならないんですぅ。最低のクリスマスでした。

全身麻酔の手術は初めてじゃないけど、当時幾らだったか、父母におカネ出して貰ってた故、知りませんが。

で、現時点十二月二十六日六時五十九分。今七時。

なんか憑いてんのかなぁ。痛ーいんですぅ!!

こーなりゃ早くに入院して手術したい、それが本音かも。そんくらい痛い。

それはいいとして（よくないが）あのなぁーんもしない、出来ない入院生活はもーやだ、と肺炎を最後にしたい、と思っていたのに。

貴重なとき（トシは貴重じゃないのっ）、以てメシ、寝るが唯一の楽しみになる（二つあるが）。

その怠惰な生活。思い返すだけでもゲッとなるんですね。

十円玉横領の罰だろーか？　神さまー。

まず当方、大金持ちになって遊んで暮らす、それが嫌なの!!　分からん方だねぇ。

さっき言ったでしょ。ハッキリというケド、働いた分の若干の報酬、生活するのにギリギリでいい、おカネが頂ければ。とこんな小さな欲。どこがわりぃの？

ドけちだからぁ？　でも遠慮はしますよぉ。ダメ？　うーんとどーしよー。

控えよう　カネの流出　酒煙草　菅野紅

と何とはなしに健康医療か警察の標語みたいなのが出来てました。

なるほどなぁ、なんてサラ金だけは、嫌だぁ!!

7　特筆な悪筆・特筆な達筆

最初は当方から。どう見ても人類の書いた字とは思えぬ悪筆。

自分はこの字を「蚯蚓の断末魔」と呼んでいて、最早本人も解読出来ない、そんな字なんです。

別に〝不幸の手紙〟なんかを書いたり、ラブレターの代筆をしたりしないし、いーじゃんかぁ！と、開き直ったりして。バカだなぁ、ワタクシって。

当方が昔（きったない字）と批評してた過去形女の子から〝スガノさんの字、読み難いよ〟なぁーんて、よっく書けたもんだよ、とは返事に書きませんでしたが。

自分の字を『ヘタ字』と評してる当方、いつからそんな「悪筆コンテスト金賞」といった字を書くようになったんか?

誰一人ノートに筆記しない高校生時代が怪しい。

そいだから後で書き落とした箇所を友人に見せて貰う、なんてまずムリ。

どの教師も書いたソバから消してゆく、その様、モグラ叩きゲーム。

当方、こんな拙い字じゃなかったんですぅ!! 小さいけどキレイ…えーと、兎も角読み易く、まぁ上手、否、ヘタじゃなかったのですね。

蛙の子は蛙(オタマジャクシじゃなかったぁ?)なんてあほ言ってんじゃないの、父譲りのコマコマチマチマした良く言えば几帳面な字体でした。

そのスガノ家の長女、父のお姉さん、当方の伯母サンが特筆な達筆の持ち主で、その子供、要するに当方のイトコ、この方達もオタマジャクシなのです。殊にさっちゃんの字の可愛く綺麗、第一読み易く、その字体のバランスもよく、読んでて微笑んでしまう、頬ずり…んとこれ、変質っぽいけど誇張じゃない位。

その兄君、京大出て物理の中性子論で博士号、なんか似たようなヒトいたなぁのIサンの字はどーいうんだろー、中間上手です。中性子だけに。まず学者肌のヒトって大体中間上手。

問題は伯母さん、貴方です。その達筆さ、有名であります。はい。誰もが口々にミエコさんは本当に達筆だねぇと言います、が白状します！　当方はっきり言って読めないんですぅ!!　そんなもんでしょう？　余りにも見事で、凡人にはその良さ、例えば書道家の何々先生のフスマやなんかに墨痕淋漓、つうの？　そんな筆遣いのこと。

「これ、なんて書いてあんのですか」なんてさ、訊けない空気。

日本人でありながら日本人のその「達筆な」字が読めないなんて…。

こーいうのって大同小異、だと思いません??

同じ特筆モンの悪筆と達筆。Ｉさんみたいな中間上手がいいのかも。

よい子、悪い子、ふつーの子、（と、どっかで聞いた）極々当たり前の字。

当方にはどの字も上手に感じますが、ねぇ。

ええっ?!と叫ばれそうですが、小学生の頃、友人のチオミちゃんに頼まれ誘われて習字を習ってたんです（邪推すれば、チオミちゃんにそこの先生が頼んだのでは、と思う）。真面目にやっときゃいいのに、チオミちゃんと半紙に絵ばっか書いてましたね。尚、彼女は絵も字も初めから上手かったんですが。

当方、両方追いつかず…で懐古…日ペンの美子ちゃん、ユーキャン、うーん、もうやる気せんばい。という事に。

そいで購入してしまった（値下げ処分の）パソコン。

自分のキッタナァイ字がゴシック体や明朝体に変化してくのは快感モノですね。大したシロモノを…綴る…では何となくヘンな表現だし、打つ？　入力、ねぇぇ…。

パソコンはパーソナルコンピュータの略ですが、当方、POST・CARDの略だと勝手に決めていた次第。

達筆なら（多分そーいうひとは筆マメの傾向にあると思う）、堂々と御自身の字で年賀状なんてお書きになられるんでしょう。そんな家には床の間に掛け軸なんてあったり。その掛け軸にはなんて書いてあるのやら、ガキのイタズラ書き《が》（わー洒落になってるぅ）、これも芸術っーもんか、ゲージュツは爆発だもん。

当方は〝ねこ字〟っつーか〝まる字〟っつうのぉ？　以前流行りましたが、そんな字体が好きですね。億とする昔の偉い先生のボロボロの直筆の手紙より。

ところでタレントさんのサインってどーしてあんなに崩してんだろ。悪筆がバレないように？　アレ読めた試しがなく、ただそこの店が「こーんなゆーめい人が来てウチのコーヒー、飲んだんだぞ」と、ハク付けてるのでも、こっちは誰なんだろ、とボーッと眺めるだけ。

悪筆は　役所関係　恥をかく　菅野紅

特筆物の記入、笑って許して!!

8　クロレラと苺大福

当方、単細胞のクロレラで僅かな条件で増殖するのです。

私の生起のモトはクエスチョン・マーク。それはいいのですが、その内容の貧困さには我ながら呆れるばかり。

例えばハイヒールの爪先の空洞は無駄な気がする、沸かし損ねた風呂と熱すぎるのは入り方が似ている…etc。

で止せばいいのに苺大福について疑問符が打たれちゃったのですね。

あの〝冬になると何故冷やし中華が食べられないのか？〟のように〝夏になるとどーして苺大福が食べらんないの？〟という愚見。

苺のショートケーキは一年中あるのに苺大福は夏どころか月光仮面並みに消え失せるんです。どーみたってヘンじゃないですか！　文句ある？

夏は確かに熱い渋茶かなんかで食べる気がしません（冷たい麦茶でもいいのに）。

苺のケーキは熱い紅茶でも平気なのにですよ。ケーキの店には必ず居座る苺ショート。需要と供給って問題ではないでしょ。マンネリズムの苺のショートケーキ、奇を衒った苺大福…。

クロレラ本人はこう愚考する訳です。

ケーキのほうを好む女性（とは決まってないが）や子供が多いだけ。

しかし何故同じ苺で存在しているのに、と引っ掛かる。

冷やし中華も揃わない材料があるというのではないのですね。それと同じなのに。

風物だから？　いや、そんなのアリか？

単に作りたい気がしないだけだろーか？　理由は確固たるものが何れにしろないんです。…で…どうも解らんので一旦止め。保留にします。

が、このクロレラの性。どうも便ピのようにすっきりとせん！　ホカの事で紛らわそう。

では問題は人工知能。ヒトが造って何故ヒトを負かすんだ。将棋やチェスですが。

にしてもクロレラは蔓延ったらしつこい。うーん、苺大福かぁ!!

単純に〝苺大福が好きなだけ〟かもね。

これが結論だとしたら虚しいような……今までのは何だったんだ、って。ね。苺大福がある内じゃんじゃんたべとこ。そんでもって肥ったけれどいいんだい！　クロレラが増えるように体重も増えんの！

かくしてクロレラの光合成は簡単に行われて終わり、また新たに細胞分裂するのです。

9　中性もどきとしては

さて当方はどうやら性別がはっきりと、判断付きかねる（私の見解に過ぎないと思いたい）。第一女性が好む、憧れるもんに興味を示さないんです。然りとて男性のようにもなれず、謂わば中性なんでありますね（少なくともゴリラではない）。私が仮に現在女性としておきます。

あの〝女なら欲しいブランド物〟だとか〝女性なら一度は着たいウェディングドレス〟と勝手に決める奴は誰だ！　その回し者は陰でこーしたキャッチフレーズで彼女等を操り煽動してはカネ儲けする、暗黒の使者。無視が出来ないか弱き犠牲の羊。

汝の名は…？

でもこれを「偏見もいー加減にせんかい!!」と叫ぶ身もまた哀しいもんです。欠陥商品としてはこのよーにして返品の後述懐するのです。こーいうヒトは私しかおらんとです。

なんて孤独なのか（ホントはそれ程でもない）。でもねえ当人は白黒決めたいんすよ（この辺の文脈って…）。

化粧は落とすのが面倒臭いとか、このコート十年経つけどまだ着られる、だの、凡そ女っぽくなかった昔の若い頃（当然だけど）。

まず女性用トイレに入っても違和感ない、これだけが証明だなんて!!

話は変わるんだか、ようわからへんけど〝もどき〟って（ガンモドキ）からの由来のコトバですよね?! なんてカッコわりいのか…（初め癌に似てるからと思ってた）。

虚栄心が強いトコは女の私、その女の機微が理解不可なのは男。ええやん、こんないてかて。ってならないのが、生物学者。染色体がどうのって言うぜぇ。

男性、女性、そしてこの間に中性がいてもいいじゃないか。グラスの底に顔があってもいいじゃないか。とか開き直るしかなく、それでも身の置き場は用意されてないでしょう。

果たして当女みたいな、男的な…人間なのか何なのか、地球上の生物なのか…何か大袈裟に分析されてキミ悪がられてはい、おしまい。で済ませて堪るかい！

〝的〟を付ければいいのかなぁ、でも決して褒める場合には利用しないコトバなのであります。例を挙げれば「男・女」と面と向かって言えない時に活用するんです。そう婉曲、且つ遠回しに〝はっきり言えないから〟なのが癪に障るったらないんですね、当事者としては。単に当惑し、複雑になるだけ。中には素直に受け止められる方も…こんな〝もどき〟は他にはいないか。

この私、雄々しく女々しく生きていく所存です。

10　ベーコン世代

私の年代は〝エルダー〟と呼ぶそうな。なんかベーコンにでもなった気がするのですが（あれはショルダーベーコンか）。肩・肩身の狭いカンジ。

ウチの近くに衣料品スーパーがあり（店名は匿す）、所狭しとばかりにヤング、ミセス等の服が無秩序、無差別に並んでてヤングは兎も角、そのエルダー・半バア様っつうのかはっきり言えば垢抜けない、野暮ったい。その時点ではエルダーの意味が分からず「うわあ、こんなん着たくねえぞ」なんて素通り。

幾らワタシでも流石にヤングコーナー、あの店はそんなに秩序よく服を置いてないが…のお洋服は手にしませんねえ

そう、〝いかにも〟なんです。そんなトコはヤングもエルダーも同じなんですね。醸し出す…あの、なんっつうか雰囲気、そだそだ、匂いというのもあるでしょう？（ないか）正に半バア様的な柄（？）模様…はどっかの山里のおばあちゃんとて着用に及びたくない、詰まりそんな服。

あの例の過剰デフォルメネズミ等が大嫌いの私、このテのTシャツか、あのテのブラウスか二者択一、さーどーする!? その時は二十代の古着でも着ます（まだ持ってんです）。

どっちが恥ずかしいのだろうかは別にしといて……、兎に角、形容しがたーいのでしません。

あんなシュミの悪いのが置いてある某いからで…これはこの際関係ないですが。

つらつら思うに肩ロースならぬ背アブラが付着し始めてから十年以上経ってますが中年の間に〝高〟が入ったら即ちエルダーの仲間。働き盛りから少々お疲れ時の頃、化粧すればする程した気がしない（化粧を）…の考えようではエルダー世代っつうのが一番難しい年齢。そーなの!!

だって再就職も再婚も、余りにブが悪い気ィするもん。そう思いません？　後者は知らんが私はこれから職探し。体力も衰えるトシです（ある人はある）。

私のショルダーバッグはいつも重いけれど、エルダーバック（back）も尚重い。前途多難なのは私だけなのだろーか？

そりゃ自適悠々の方もいらっしゃるのだろうけど、多くの方が悩んでるんじゃなかろーかと、勝手に決めさせて頂きます（だって孤軍奮闘じゃあねえ、余りにも惨めだもん）。

えーい贅肉の付いた分重くなったお荷物ですよ！　私の肩に食い込むショルダーバッグ、早く下ろしたいよお。でも中味はなくならないで又このバッグを荷うのか。

今更姿格好を気にする…方もいらっしゃるにはいます、が（当方、実はオナカ周りも何とかしたい）もう関係ないフリ。

ただ〝エルダー〟の前を素通りするのです。

11　オバサン同志

なンか不快な響きのある名称の〝おばさん〟。子供もいて、××ちゃんのおばちゃんと呼ばれてもダメージを受けない女性陣もいらっしゃるにはいます。が、俗にいう〝おひとりさま〟の老嬢には侮辱の風がモロに当たるんですね。〝ちゃん〟だろうが〝さん〟だろうが、お・ん・な・じ・なのっ！　お・も・て・な・し調でいっても、違うっ！　日本だけだ、こんな差別用語はっ！と何となくエキサイトする私、どーみてもおばさん（サバよんでも）。これは現在は仕方ないけど、三十そこその時、孫連れのばあさん（ババアとよびたい）からぐずってるマゴに「あのおばちゃんも云々…」とお手本にされ嬉しいより悔しかった！

大体バア様、それもマゴ連れたのがヒトを勝手におばさんと連呼するけども、妙齢のまだ若き女性にも〝ヤクルトおばさん〟（現ヤクルトレディ）、学研のおばさん、緑のおばさん（これは古いが）、なぁんで「おばさん」になるんだっ!!

一方、あちらさんは（フランス等）は優雅に〝マダム〟。敬称というけどなんたる違いなのか。向こうの男性はその呼び名が普通なのだろうと思いたいけど。

アトで意地悪されるのかもと想像すると胸クソ悪いっ！（今回はエクスクラメーションマークばかり）分からないのは、起き抜けの顔でもファンデーションで糊塗した顔でも〝マダム〟なのであろーか？

正装し、化粧を施した時点でマダムにヘンシーンし、片仮名の〝オバサン〟には差別用語さえ感じられ（口語にすれば同じなのに）、敵が頭ン中、どっちで呼んでるか？　なーんて推理するのはきっと私だけでしょう。言葉にすれば当然、侮蔑なんですね。〝おジョーサン〟などと言えたら、その人はたぬきに相違ない。

英語圏では〝ミセス〟というけどなぁ。幾ら「おかーちゃん」意味でも〝マンマ〟や〝オモニ〟…で…。

記憶にあるのは街頭アンケートでこのワタシを「おかーさん、今いいですかぁ」と引き止めた、冴えない（そう感じたのっ！）青年。きっとその脳細胞のひだひだに（おばさんよかマシだろうし、引っかかるだろう）とか思っていたとすると、トサカにくる!!

あんた等だってこの名称が女にとって不快だと知ってるじゃんかぁ！！！

どしてか知らねど平仮名より片仮名のほう（口語では同じなのに）。

あんまりナメんなよ。例えば魚屋で、たっかーいおサカナを売りつけようとしてもオバサンは悪く言えば老獪になってるの。

「今夜はフリッターにするの。あれはイワシがいいみたい」と遣り過ごす。お見事です。青尻娘にこんなコトできるかっ！　そこのおニイもあんま見下すんじゃねぇよ。オバサン達よ、結託して軽々しく軽々そう呼ぶ連中を排斥しましょう。

12　子供の目ヂカラ

当方、小さい児の〝ひた〟と見据える（勿論こちらを）目、苦手なんです、あれ。〝ガンを飛ばしてる〟としか感じられず私から屈伏、視線を逸らすのですが、キブンわる。如何にも好奇心丸出し、どしてあの目が〝純な天使みたい〟などと感慨をもらすか？なる憤慨が私には…あの「いないいないばあをして、あやして！」と強要、いや、脅迫が厭なのっ!!

あっち、詰まりベビーカーの児はそーやってもらうのに慣れていて、みんながあたちにやってくれるのぉ、なんて思ったりしていー気になんな！と私。ココロの中で

（一体何様のつもりだ、このガキ！）なんて非情にも叫んでたりして。

要するに駄目なんですね。子供といわれる年代。私が邪気一杯、今までのいやーな経験、そして今でもくらーい行き先をしてると、ねぇ。

確かに赤ちゃん（この名称大嫌いなのだが）には未来がある。末は博士か大臣か、芸術家、科学者、エリート企業のビジネスマン、オフィスレディか？

あの幼気な目力にはあるけれど、迫力からは暴力団、前科者で尚犯罪を重ねる悪人、よくてプータロー。勘繰りすぎですが。

でも一旦泣き出すと、もう〝いないいないばあだろうが、あっちむいてほい（そんなのする人いるかなぁ）〟も効果ナシ。トーンの高いソプラノ、テノールは周囲に響きママを困惑させるんですね。いっくら宥めても「はい、もうなきやみます」なんて有り得ないから、泣きたいのはママの方なのっ！　このキモチ、伝わります。カラスが泣きやむのはいつのコトやら、うえーんピーピーキャーツギーッ！！！

私の頭にコダマして頭痛の元に。どっから出んだっ！　その体からそんな声っ！この音量なら声楽家になりそう。デシベルにすると…止め物理の時間は寝てたも同然…目力が声の力になってしまった。

このように話が脱線したものの、目力は若い娘がどー頑張っても赤んぼには敵わない。アイシャドーやらマスカラだの付け睫毛でも、二重まぶたにする糊?? ですら〝アンタらの負け〟になるんです。勝つのは少女マンガのおめめきらきら、星のついた虚構の女の子だけーっても過言ではない気がするのですが。可愛げのないのは同じですから安心して！ ただあちらはそのまんまの目ヂカラですが。だからこそ暴力団の幹部も敵わないんです。それ以上って事ぉ？ 確かにハクがありますもんね（そう感じるのは私くらいか）。末はヤクザか悪役か？ または保険の勧誘か女子プロか？

何れその瞳は大きくなると力も失せ、ただの子供になってしまうのに周りはその大きくなるのを待つのです。

天使は天使、それでいいんですから。

13 リカちゃんの仕事

「はーい、リカよ。きょうはいずみちゃんたちとピクニック。ママのサンドイッチ、おいしかったわ」

冒頭からなんじゃい、とお思いになる方もいらっしゃると存じますが、これは彼女のアルバイト。〝リカちゃん電話〟で、当時の電電公社に雇用され、稼いでいたのです。

それはリカちゃんが母子家庭だった頃のお話で健気だったのであります。当時、わたくしは（電話局のサービスと思い）毎日聞きましたが、同じ話のときの、落胆は表現に尽きませんでした。ご理解してくださる方おいでになるといいのですが。

私が持っていたのは初代のでしょうか……それを話題にするのはよしましょう。何故か虚しいのです。

どうしてワタルくんの頭の毛だけがビニール、胴体と同じなのかなど考えてもみませんでしたが、彼の髪の素材について論じる子供は一人もいず、そして頭髪など男子が気にしないものだったのです。

その後突如、双子の妹が出現、しかし誰も不思議には感じにはなられなかった事でしょう。

後になり〝ピエール香山〟なる人物を父親として設定。このポール牧氏のお名前が脳裏に浮かぶ彼はコンダクター（所謂指揮者）でフランス人。

若干、下世話になりますが、「スクープ、あのデザイナーの香山オリエにフランス人の夫が!!」などと、週刊誌に騒がれたのかもしれません。

リカちゃんの家庭は芸術的なのですから毎日素敵な洋服でテーブルの生活をしているのですね。上品なパパとママ、昔の理想だったのでしょう。

果たしてリカちゃんは私立の小学生だったのか、なのか？　敢えて問わないほうがいい気がするのは彼女を現実化したくないからですが、同意見の方はおいででしょうか？

お洒落なドレス、カジュアルな通学服はママがデザインして、洋風の家はパパの生活様式…（その頃はまだピエールさんは居なかったが）、リカちゃんは昔から憧れの的。

難点は年月が経つなりに化粧が年増女のように化粧が濃厚になる位。小学五年の割には不自然だっつうこと。瞼なんぞ青々とアイシャドー、お目々の星もキラキラに。まぁ元々は素朴だったんです。バービー人形と反して。何しろ〝様式大和撫子〟なのです。背も余り高すぎない、ニホンの女の子（可愛くしてありますが）。着せ替え人形といえば〝リカちゃん〟と相場は決議案で論じるまでもなかったのでした。

彼女の変貌振りは歴史、時代そのもの。異論ありますか？　ないとしておきます。

リカちゃんの仕事ですが、独立した様子。それは何か？

本当の「お仕事」は醒めない〝夢の少女〟でい続けるのですから。

14　モトをとるには

払った分は何が何でも…というのにまず、思いつくのが〝食べ放題〟。誰がそんなに喰えるか！　時間制限まであるこのテのやつには「君子、危うきに…」とばかりに私は近づかずなんですね。

若し行くなら〝助っ人〟なる人材が必用になるんです。ギャルＳ嬢か、お相撲さんか、〝大食いチャンピオン〟か。バイキングスタイルの立食パーティーも、やや庶民的になって〝ドリンクバー、サラダバー〟も、モトを取らねば損、しかし何度も取る〝お代わり〟には人目を憚るものもあるんです。これが。

他は銭湯、公衆浴場だろーか、そこで元を取ろうという人はまずいないだろうけど、あの〝熱湯〟というべき平均49度の湯（程度問題だぁ！）の場合は、黙々と体中を清掃し、〝薬草湯〟なる気味ワルイ色の臭いぬるま湯にかっぱかカエルのきぶんに浸る、これっきゃないのですね。

温泉なんかもそうで、私は家族でいくと最低3回は入り湯中りしそうに。そして懲りずに翌朝も浸かるんです（どこが悪いっ！）。

服は高ければそれなりに着古し擦切れそうになるまで身に着けるし、靴も底が減るまで履く。吝と言うなら言え！！！

極め付きは不謹慎ながらも喪服。あれは大抵3度までしか着用に及ばないのにクリーニング店に出すんです。私は冬のコートでもワンシーズンでは絶対にクリーニングに出さないんです。なのに！　けれども次のお葬式を待つなんて不純でハゲタカみたいで、幾らなんでも…なぁ。まあこれは、元を取るという次元と別にしときます。

突き詰めれば私にとってガッコのお勉強はモトを取れなかったんです。これは元を取るという問題か？　とも疑問が残りますが、臆測にお任せします。

早い話この私、ただの吝嗇家。百円ショップの使い捨てマスクを3日もたせた笑えない事実、嗤ってください。

貴方は、若し広告に〝靴下ひと組百二十円〟也と出ていたら、百五十円（片道）出して買いに行きますか？　又はわざわざ今話題になっているというだけで行列してまでラーメン食べに交通費を使えますか？（因みにそのラーメンは千円です。運賃は同じ）

私ならご免。後者はモトが取れた気もします。でも特に（小池さんと異なり）ラーメン好きではないとしたら、さあ、さあさあ、さあ！

ずっと遡り当どケチは、ジョージ・ハリスンのライブ（一万二千円だった）を、東京ドームに聴きに行きました。彼の音楽のファンだったからで、私はあのロックのコンサートを侮ってました。大音響もあそこまでいくと拷問なんで、途中何度も外への脱出を考えましたが、〝モトをとる！〟が念頭にある訳です。耐久力も必須条件なんですね。はぁ。

15　個人的お菓子の履歴

当方が初めて口にしたハイカラ（レトロでしょ）なお菓子は…エンゼルパイとほぼ同時のカールでした。エンゼルパイは健在だけど、カール、カールがあ！

今は一部の地域しかないなんて…（この落差）懊悩の始まりでした、はい。何故より、なんでなのお?!といささか砕けた調子なのは慣れ親しんできた為。

エンゼルパイの〝グリコ・森永〟事件の時、店頭から消え、この時分はただ「うん、ある」とかなんとか、満足（買わないクセに）な気持ちってあるでしょう？

江崎グリコ、森永製菓の2社も義憤を感じられた事でしょうし。

〝かりんと〟からの緞帳はこーして開かれたのでした。えーいもう齢なんかバレてもいいわい!!

〝おせんべ〟に〝ラムネ〟とそれは当時は満足だった、のは、それしかなかったからなんですね（昭和四十年代って大半がそんなもの）。現在では信じられなーい、世の中だったのっ！

私が小学1年生位の時だろうか、〝仮面ライダースナック〟。思えばあれも美味しかったような……多分食べた事がある方もいらっしゃるでしょう。

アレ、「やめられない、とまらない」なんて食べ続けると食傷するのですね。

そして中にはカードが。無論仮面ライダーのですが（このシリーズの）、これを蒐集する為にだけ買い、本体、〝中味〟は捨てている子もいたそう（兄の話）。

それはないンじゃなーい、と私が駄菓子屋オバさんだったらこんなカンジになるだろうなあ。

だってさ、ブロマイド（なんとなく古い響き）のようにカードのみ売れればいいだけ。「子供は罪と思わない罪を犯している」と哲学的になる私。

あと、「一粒で二度おいしい」の〝グリコアーモンドチョコレート〟、おまけも欲しいキャラメル…。

それからあの〝森永チョコフレーク〟。スマートフォンを操作しながら食べるとパネルが汚れるだとお！　食べながらするほうが悪いっ！

私は汚い手でスマートフォンを扱ったコトないぞ。〝ながら〟を奨励してるみたいで教育上如何なものか？　これでは磨かれた廊下を土足で上がり、文句付けるようなもの。なんじゃゃない？

それならスナック類は何でも悪いのでは？　ホントに理不尽です。

スマートフォン中心に何でも考えるなっ！

昔はあの黒電話しかなく、受話器の汚れが目立たず（却って目立つか）、だけど〝トイレの後に手を洗わないで使った電話かも…〟なんて別に気にしなかったような。

星一徹みたいに「汚れたじゃないか!!」とひっくり返す手合いもなし。第一そんな道理に合わないナーバス野郎も、白い目でみられるだけの鑑みるによき時代でした。

何となくこれで〝以上〟で括るオカシな履歴書を持って、いざ製菓会社に乗り込むかぁ。まず不採用ですが…。

16　もーいいかい？　まーだだよ

標準体重で満足する女性って余りいないなぁ。

それが〝お年頃〟ならそれで、当てはまらなくてもインフォメーション、「この番組が終わり次第…」ってあるでしょう？　まあ当方も電話した事あるんですが、コンサートのチケット並みに待ったりしました。

どしてなの？

ダイエットの掟なんてオフィスレディや専業主婦には守れなく作られてるんです。

あれはゆーがな学生か、自称家事手伝いの為。

でもね、名画と呼ばれる女の人は必ずと言ってもいい位肥満気味の女性。彼女等を〝美しい〟と讃えるのであります。昔のおフランスですが、今は知らん。

以前の日本もどっちかっつーと太めの女の子のほうが、人気を発揮したんですが。

なのにだ！　今は小学生からダイエット。それでも背が高い、許せん！

ガリガリでもなく、謂わば〝スタイル〟が飛び抜けていいのである。面白くナイ。

肥満児（死語となった健康優良児ではなかった）かくて高校の頃には六十四キロ、と増え続け、勤めた際に一旦減ったが、辞めたらしぶとく八十キロ目前。

せめて医学的標準体重に…とまぁ、こーいう過去があるのです。

その時の掟は〝そんなん無茶やがな〟と嘆きたくなる科条でしたねぇ。ストイックつうか大リーグ養成ギプス的なキツイもの。

要するに、まぁそれなりの覚悟があれば凡人にも可能でしたが。食事は少なくとも五時には終わらせろ、八時以降モノをたべるな、それより先水分も摂るな。ご飯は避け、野菜を喰え！と命令し、尚も運動は一時間休まないでやれ!!　ここまで来ると拘置所での規則みたいじゃないかぁ！　こんなものではない、と思うんですが厳しさって。想像してみただけ。

ダイエットも、女性週刊誌（読んだコトないけど）、健康雑誌（これも同じ）にしろ、楽してそーしん（痩身）の向きあり。

それも〝これ食べ続けたらウエストダウン〟だの、〝あれ飲んだら十キロ減〟とこっちは新聞の広告欄で知るだけなのですがテレビの力といい、マスコミの〝ホントかウソか？　百人に訊きました〟の世界。

効果ナシの矛先は…口コミっつうのぉ？　悪口もぉ?!

と、まぁよくやるよ、といつもながら思ったり。それは納豆が店内から消え、バナナやリンゴも品薄のトコ〝トイレットペーパー騒動〟あの半狂乱…だろうか、を彷彿とさせたりするんです。

ダイエットと社会問題の共通点だったりね（主観）。

〝太らない〟体質の女を一途に排他的にみる、これ、経験ありません？　体型に自信がなければ一様に覚えあるでしょ。かの女は〝標準体重位には肥りたい〟なーんて願ってるのかも…。でも電池換え、乗るのが怖い体重計。

17　犬を見本に猫として生き

あなたは犬派？　そいとも猫派？　当方はネコ。どーでもいいですが。

家畜は人の生業になりますが、犬猫は人が生業（ヘンな言い回しになりますが）。それに連鎖反応で、あっちが吠えればこっちも鳴き、で、煩い!!ったらないのですね。これは別に余所の家まで番してやっか、という訳ではないのは明白。迷惑千万なんです。だからこやつらは嫌なんだ！（偏見）。

これで暮らせるんですからいいよなぁ。

本能で飼い主が満足する、ラッシュの電車に乗りつつ、ね。お疲れさんです。散歩をさせ、そこでは隷のようにフンの始末（しないのもいるが）。帰れば〝ビタ何とか〟なるドッグフードが待っているのですよね。

だからと言ってわたしはイヌにはなりたくない。

それからお待ち（でもないか）のねこ。平仮名でも片仮名でも漢字にしても可愛いこのこ。十六時間位寝てるらしいのです。でもその姿、まぁるくなってる様は微笑ましいし、許してあげて下さい（尚これも偏見）。

冬はコタツ、春は日溜まり、夏は車の下、秋はその上と春夏秋冬、居心地のいい場所を陣取りうとうと、耳時折ピクピク。

オナカが空けばごろごろと喉鳴らせば猫缶〝まぐろ〟に有り付けるのです。ここんところは猫やってもいい。

猫喫茶では、いるだけで客は喜び撫でまわす（度をこすとネコ側がイヤらしい）。儲けるのは店長だろうが、役に立っているのは確か。

でもねぇ、こーいう人間のほうの稼ぎ方ってなぁーんかコスイし、猫を悪利用して好きではないなぁ。

ポン引きっつうの？　よう知らんが、純粋な猫を金の種にするの、動物愛護団体からクレーム来ないかなぁ。でも一度行ってみたいのです、猫喫茶。

一方タレント犬は何とか社のスマートフォンで大活躍。ドラマでも芸を披露するし、やたらと吠えまくらないし。盲導犬には穏やかな性格のゴールデンレトリバー、警察犬はシェパードが多く、賢さと嗅覚を発揮するのです。

ここでイヌのほうに軍配が。一歩リードする、しちゃうんですぅ。

〝ハチ公〟が代表の忠義さ。もまた犬ならではの…鈍くさい程の馬鹿正直なのです。ホントは。

この点、猫は利口（又しても偏見、済みません）。だからそおぉんなに長い歳月帰らぬならさっさと見極めをつけ、〝もーやーめた〟と他にエサくれるヒトんとこに戻るでしょう。薄情と言うなかれ。これもネコの世渡りの索なの！

さて、あなたは犬人間？　それとも猫人間ですか？

私は怠惰なとこはネコ、馬鹿みたいに（はっきりとバカ）正直なのはイヌ。総体的に、猫みたいなほうが楽です。ホント。

18　当節の電話

当方が公社時代からのＮＴＴの社員の父に教えられた電話の掛け方、受け方は現在には通じないようです。

〝自分の名（姓）をまず名乗る〟のがその教訓で、今そうしたら〝プー〟。済みませんの一言もない。私は〝ブー〟となるんですね。

あの「オレオレ詐欺」なるモノが流行ったのは、名乗らないのが自然に受け入れられたから、と愚考している次第です。

それにしても向こう様はガチャンで済むけどさあ、こっちはフライとかのコロモで手がベトベトになってたら至急洗い流し電話に出る訳なの。それ、分かってくんないかなあ。なんて乱れた口調で文句たれなきゃなんないんでありります。

そして「もしもしいつもの何何だけども、たぬきソバひとつお願いね」なんて言われたら…？　あちらはたぬき（狸ではない）を待っている。さあどーする？　……まずはそんな窮する羽目になりませんが。

しかし何故この時は自分の名を告げるのか、と思っちゃう私、そんなにヘン？　親しき仲にも礼儀あり、なのです。

そうして私が嫌いなのは「今どうしてるぅ」なんて電話。御自分がヒマだから掛けてくる手合い。〝余計なお世話だっ！〟とは言えないから。聞き流すつうのもなんだし（相手は相槌を強要するし）こーいう人々とはもうお付き合いはないですが。

かくして肝心な用事にも悪事にもどーでもいい内容にも便利な電話。例の何とか詐欺、人をゴーリキー状態（どん底）、にするかと思えばお縄になり、グリコ状態（この場合バンザイ）になるんですね。

又、この防御策の留守番電話、アレも私の苦手なんです。ただでさえ口下手で焦るともう自分でもなんつうか、用件が時限爆弾のよう。

アタマん中は限りなく蒼白に近い真っ白。信じ合いがなくなったよーな気がして寂しいんですよ、私はこれでも、ね。

アレ、いきなり「ただ今電話に…発信音の後…」と主も名前を入力していないのってありますが、私の太い指が数字をずらせ押させてしまった可能性もある。用件（若し滑舌よく言えるとして）を言っても向こう様には〝なんのこっちゃ〟となる。

火急の際にコレだと困るではないか、入院、重篤、そして…訃報。生活してればなんかあるのっ、なーんだ留守録の癖にさっ!!

いきり立ってもしよーもないケド。そうさせるのぉ。名を名乗り用件を、名乗ってから必要事項を、と言っていた父。今の電話を嘆いているだろうなぁ…(内心電話料を心配して言ったのかも)。

相手が「オレだけど」で始まっても声紋をとる時、留守録に任せるのが現代版のマナーみたいです。

19　黙秘権行使

当方がタクシーを利用したくないのは運転手氏のある時のトラウマ、〝終始一貫無言〟の気まずい静寂からなんですね。

けれど方向オンチの我が身、自力で辿り着けない場合もあり、遠出は避けています。

け・れ・ど、あの「口利くと減る」っつう風な空気、なんとかして！　皆がそうでないんですが。安全に目的地に走ってくれるのは有難いのですがぁ、もう少ぅし明るくして欲しいという方いるでしょう？　カツ丼じゃだめ？

打って変わってとてつもなく親切な運転手さんや妙に陽気な運転手な運転手さんもいらっしゃるようで、それがワンブロックでも笑顔絶やさず、の方のタクシーなら乗ってもいいですが。

なのにです、今現在も〝黙秘権〟を実行する運転手氏がいるぅ！　〝そしーてわてはとーで（遠出）をしなーい〟なんつう訳になるんですぅ。はい。

タクシーをずっと、運転していたアリバイがあるのに口を割らないで「黙秘権・使わないと損をする」てな具合の彼ら（女性ドライバーもいるが乗った事ない）。

別に面白くとも何ともなく、寧ろ出掛けにかーちゃんと喧嘩してムカつきが収まらないなら無料に、とは言いませんが、狭い空間は伝染病の如く移り易いんですね、その不快さが。

黙秘権行使も罪が重くなるらしいですよ。

料金もはっきり言えば高いでしょう？（私の観念）、あれだけ払えばリクライニングシート（フカフカの）のでもいーんじゃない？　と些か行き過ぎデスが、運転されている方が仏頂面でくらーい沈黙の中だったら、電気椅子と変わりない気もしたり。

実行員が死刑執行してるかのよう。

ずっと前よか（やっぱ人による）明朗になったような、あくまで〝ような〟趣がするのでした。が、タクシーを一人で利用したのが過去四回。それもどーもならんときなのに。人相？　そんなので判断出来ず、どーやって分かるんだろ、如何にも面白くナイといった顔付きの方が案外親切だったり、見極めようがないのです。同乗者が居る時だけしか乗ったという心地がせず、一人ではメーター患い、しょーじき生きた心地がしない有様だし、乗った当方等が諂う始末、無言が続けば息苦しいんですね。あなたもそうでしょ？

この辛さはないんです。〝五十代女性、タクシーで窒息死〟なんて新聞沙汰…にはならないにしろ、どーにか対策を検討してくんないかなーなどと、勝手に考案するのです。

タクシーイコール無愛想の払拭の意義大いにあり、詰まるところは「笑顔」だったらタクシー会社に応募者が来なくなったりして。

20　揚げパン論争

当方の〝あげぱん〟はグラニュー糖がまぶしてあった筈、なのに当地、今はどうも「きなこ」が一般らしい様子。

私は神奈川県からの引き揚げ者、ならぬ引っ越し者。ここのスーパーでの〝揚げパン〟はきなこ。きな粉、黄粉なのっ！　砂糖VSきな粉。どっちが正統？

1年生の時は「給食室」なるものがあり、まだ仄かに温かい（ような）揚げ立てらしきパンに、ツブツブきらきらの粒子。きな粉には真似出来まい。

このあげぱんが大嫌いっつう子は余りいません（推測では）。

ノスタルジーを感じるのはどーしてもグラニュー糖なんだもん。その子それぞれですが、私はきな粉はパス。〝揚げパン、きな粉〟と決めてるコ、ごめん。

で、私は謝罪するだけで済ませません（正直魔が差した）。きな粉の揚げパンを購い食べました。うーんとね、ええーっとね、感想は言いたくないです。

だけどこの齢ではあの〝懐かしのメロディーならぬ（あげぱん）〟はもう同じ味で

はなく、索漠としてると容易に想像可能なんですね。
だって結局は揚げたパンになんやら附着させただけでしょ。

成長は　味覚を奪い去るものなり　菅野紅

…になるんです。

嘗て食べたもの、給食を例にしてもいかなる…あれは雰囲気、つまんなぁい授業の後だからなのか？　美味しくなる理由って何なのかなんて先生は教えず。だって今現在のほうが発達して現代人の舌に合う筈で、だから今のガキ、ではなく子供がよりいいもんを提供されてるのだし。

あげぱんはまだ尚健在なのかは知らんが（ご飯だし）でもあげぱん！少ぅしだけ（若干）品に欠け、それこそが私の追憶のあげぱんなのです。

きな粉はなぁんかヒンが良すぎた、にしときましょう。でも…ねぇ。アブラっぽさ？　違うかなぁ、足りないんですね。詰まり給食じゃなかったから？

当世代はパンが主食。コッペパンに火星人ジャム、マーガリンが相場。

さてと論争の主題が凋み、話が進行しなくなり、論ずるコトを忘れたフリしよーとする陋劣な主（この私）じゃないのです。

何故かみんなで昔にタイムマシン。と、当方も揃って君達は小学生。えっと…ええ

い、何年生でもいいやぁ、
給食の献立表は貼り出され、若しくは配られ、今日何かを事前に皆承知してる筈。発表されて気にしない子っていいんのかなぁ？　否、いない。

「今日はあげパンとカレーだぁ、オレはらこわさないでセーフ」

「あのさ、オレきなこが飛ぶの勿体なくてさ」と論じ合うのです。

あげパンの話をするのは男子。〝あげパンはやっぱりお砂糖よね〟とか論評してる女の子、知ってる人、手を挙げて。あげぱん、とすり替えてオシマイ。

21　コンビニエンスストアにて

某コンビニエンスストアでスパゲッティ・サラダを買ったら割り箸が入っている。スパゲッティ・箸。

きっと、このニィちゃんはこのトシには〝フォークより箸〟という公式の元に従ったのでしょう。が、ワタシには大きなお世話ってえもんで、お箸苦手なんです。

仕方なく私は、冷やし中華を啜るが如く〝バジルソースで食べるスモークサーモンのパスタサラダ〟を満たされずに食べるのでした。

分からないのは「あなたと一緒に…」とばかりにコンビニエンスストア等の真ん前にその種の店があるの、どして？

競争は別に戦争とイコールしないけど、なんかねえ。

それはいいとして、この文字通り〝コンビニエンス—便利な—〟が深夜の営業を止めるかどうか問題になってるようですが、いつも開いていてこそのコンビニエンスストア。元日だろーと暴風雨だろーと、いつもニコニコ（ではないが）迎えてくれるトコが「convenience」なの！　そこんトコ宜しくお願いの程。

話は大分逸脱しましたが、もっと逸れます（私としても躊躇するのだった）。それは詰まり…トイレだけ拝借する人居るんかなぁ、という事だけ。

ワタシさえ駄目なんですね。なんとなくネコ的で。用を足しそれだけが〝コンビニエンス〟てのもねぇ（内心、それもあると思う）。

ある冬の夜、いつも通り煌々と闇を照らすは某コンビニエンスストア。「開いててよかったー」なんて寒い中から入った訳です。

ここまでは無事でした。なんか温まるものを物色、品数は少なくなっていますが〝きのこがたっぷりポタージュスープ〟を発見しレジに。年輩、早く言えば（定年後の小遣い稼ぎ風の）おっさん、ポタージュを温め、カウンターに割りバシが…。（おいおい、ハシでポタージュを喰わせるのかよ）と、堪りかねたので、「スプーン、頂けますか」なんて卑屈に申し出たんです。こっちから。未だ腑に落ちないのですが、あちらさんは〝洋風ミソ汁〟と解釈してたのかもしれません。これで謎が解け、（終わってよかったー）となりましたです。はぁ、お陰サンで。

嫌な客も、クレーマーも、適当（そう見える）にあしらい、いつもニコニコ（ではないってば！）として、真面目な青年少女もいるにはいるものの、遊びながらの不真面目さがモロにというニイちゃん、ネエちゃんとて同じ時給だったら悪ィじゃん。

店長代理サン、しっかと監視して下さい。

それでも美味しくなったなぁ、おべんともサンドイッチも。新商品は切磋琢磨という気配も…。

尚、一番初めに風邪を引くのは彼です。

22　現実と実力

ルートヴィヒ・ヴァン・ベートーヴェン。この名を知らない人はいないでしょう。多数の名曲を遺した偉大なる作曲家。有名なのは、私的で恐縮ですがピアノ協奏曲第5番〝皇帝〟第三楽章。

音楽室にはあの渋面、いたずら書きをするには抵抗が…（滝廉太郎はよくされていた）。とまぁこんな調子で始まるのは、〝音楽性と顔について〟が一つ目のテーマだから。

哀しいかな、廉太郎さんは置いといて、ベートーヴェン氏はブ細工なカオであったという事実は消えないんです。視覚、そして音楽家の命の聴覚までも失った！　棒を咥え鍵盤の振動で作曲した〝田園〟諸々…。

「カオがなんじゃい！！！」

ピアニスト等の演奏家も何故か美男、美女ばかり。ピアノは中村紘子氏、ブーニン氏…思い出してもブ男（うわぁなんて差別なんでしょ）が映されてるなんてないのです。

実力でしょ、要は。彼等には確固たる能力もある。しかし両方備わっているのも少ないんじゃ…?なぁい。

顔でオーディションをパスなんてのは美少女軍団のナントカっつうグループ歌手、それは多少音痴でも、ダンスなんかで糊塗出来る(…と言ったら半殺しにされそう)。ロックバンド然りクラシック音楽と同じみたいな、〝カオでナントかなる〟ような…曖昧な面もある、ので何とも…。

その顔で、損してるアーチストってごまんといるんだろうし、一種の人権差別というもんです。それにこの人達の使命は〝感動〟それしかないの! これは難局を示すんです。〝させよう〟としても傍は〝しない〟かもしれないから。

実力が　あるのに落ちる　コンクール　菅野紅

私はこれでもピアノを習っていた(つもり)なのですが、両方に少しだけ難色があり(その割には早々と)、退散。顔がモノいうのはサラ金の取り立て人だけじゃなかとよ。暴力団の団員でもあかん。と、どっかヘンになりました。だってこんな不条理ってあってもいいのぉ!? 良くないでしょ、ねっねっ! 賛同の方、起立を。

バイオリンの腕をお持ちなら楽団員に紛れ込むテもあるのです。と弦楽器、管楽器、打楽器はツブシが利く。

　こーやって　集まりゃなにも　顔じゃない　菅野紅

ですが鍵盤楽器は独立しがち。音大の講師、からぴあののせんせい（園児が言っているので平仮名）。この中ではフジコ・ヘミング、ホロヴィッツの大群。音楽性、イコール人間性なのっ！（活躍中の奏者にそれがないという訳ではありません、念のため）。アーチスト、それはカオではないのに、どっか容姿で見ているかのよう。この人達の音楽は聴いてみるものなのです。

23　バレンタインデーのリボン効果について

バレンタインのチョコレートってどうしてあんなに不味いんでしょうか⁇包装だけにネツいれて過剰気味、味は二の次というカンジ。〝義理〟ならそれでもいいかもね、なんて私が食べた感想ですが。

〝本命〟とやらには手作りのや、デパートの高級なブランドチョコ。その他大勢にはスーパーの山積みの安いやつをバラまいときゃいい。ワタシはスーパーで何ダースもの板チョコを買っていた高校生位のコを見ました。こうなると〝配給〟つうか〝配布〟つうか…。まぁまだこの年頃にはお遊び気分でワイワイやるんでしょう。

ここであからさまに〝本命と義理〟が〝天国と地獄〟というふーに選別されちゃうんです。百パーセント純正チョコと義理の添加物のと。薬か毒かっていうのは大げさですが。

ここでリボンが問題視されます。

本命チョコには、結び切りの御祝儀袋みたいに区別すればいいんです。それにはリボンを掛けるだけで、どうも見ても香典返しには見えません。

何か足りない。シンプルかもしんないけど…と感じたらリボン登場。一目瞭然でプレゼントらしくなります。

で、どーでもいい義理のはそのままの例の山積み。これにも簡単なのが結んでいるから、差を付けましょう。

サテンの赤いリボン。菓子折みたいにハサミで切るのとちがうの。

たかがリボンされどリボン。アクセントが欲しい、でもシンプルがいい。なら片隅にほんの少しの線にリボン。見た目が全然ゴールドブレンド（違いがわかるって事）になるのでありますね。嗚呼アナクロニズム！

一方のホワイトデー。あれは中身も食べた事がないですが、リボンもないのです。キモチ悪ィですもんねぇ。幼稚園の制服じゃないんですからリボンナシが正解。〝S幼稚園〟も細いおリボンだった（私が通園してたトコ。関係ないですが）。

それに「恥ずかしいッすよ、オレ」になっちゃうもんね。にしても本命もなければ義理もない。無駄だとじゃないかなぁ。

何か儀式的です。バレンタインデーもホワイトデーも。

何となく　リボンに人生見たような　菅野紅

このリボン、効果的にも逆効果にもなるようなんです。嫌いな女のコから豪華な結び方をしたチョコレートを貰ったら…？　矢張りバレンタインのチョコレートは不味いと決まってるようで。

24　マスク事情

当方が愚考しそれをわざわざパソコンに入力している間流行っていたのが、コロナウイルス。日本からアメリカ、イタリア等までに及び、死者まで続出しています。

で、新たな愚考をよんでしまったんです。

私はこのまま人類滅亡の危機に繋がるのでは?なんぞと。それが短絡的ではない勢いで蔓延するから…。

そもそもコロナウイルスの根源ってなんだ? いきなり出現して卑怯じゃないかぁ!とも怒鳴れない。毎日コロナの報道ばかり。今日もコロナ明日もコロナ、の状況。

肌の色は自ら選べない。ウイルスも選ばない。べ・ば・が違うだけなのに何となく大差を感じます。が、どちらもハラスメントがあるんです。

誰も悪くないのです。天災なのだから。

コロナに感染してしまった不運な方も。(でも濃厚接触ってなんだ)。

大型台風といい、令和に元号が変わってから碌なニュースがないようですねぇ。

2020年。よく憶えておこ。過去にあったトイレットペーパー騒動のように、マスクが店頭から消え、除菌ウエットティシュ、またもトイレットペーパー。どれも現在は欠かせないものです。尾籠な話〝手で拭いて食べちゃう〟なんて具合にはいきませんし。

そしてこのシーズンにはマスクでしょう。

悪い時にピークを迎えたコロナ。受験、就職。そして当方もなってしまった花粉症。嗚呼マスク!!

「マスクをしてウイルスを防ぎましょう」？「マスクはお一人様一点に限ります」？そのマスクはどこにあるんでしょうか。

だけど外に出れば誰もがマスクをしてるんですね。不思議です。この時点でマスクしてる方、どうやって入手したのでしょうか?? どこにもないのを全ての人が。どして？

一種、アパルトヘイト的なコロナ。人種差別としか思われないのです。何故こうなるのでしょう。

皆が皆、マスクの争奪戦を布告なしに始めちゃったんです。今以てマスクの棚は空っぽ。

マスク。ずーっと考慮してなかったなぁ。ヒノキのアレルギーになる前は。

〝バカは風邪ひかない〟とか医学的根拠のないコトバ通り私はカゼは余りひかないけど、風邪ひいた方だっていますよね。うっかり咳もだせないんです、マスクないから。勿論、花粉症の方は多いんですし、自分だけが辛い訳じゃない。

それに高校野球も取りやめ、オリンピックも延期。ただ頑張ってきたのに、罪重きコロナウイルス。チクショウ、憶えてろ！と、憤怒するひとのコトなんて無視して飛散の厄介モノ。でもキティちゃんのはしたくないのです。

25 何となくシラけてる

あるでしょう？　お笑い芸人コンテストみたいなの。

審査員のシビアな視線の前でコメディアン希望の若き男女が必死こいて（失礼な表現ですが）、日々練習してきたコントを披露するヤツ。

ここに「ウケなかったらどーしよー」とコントのように言い合う二人組。片や「グランプリは頂いたも同じだね」とか余裕綽々の憎たらしいコンビ。ワタシは前者を応援したい。

しんねりしんぱいの前者。「打ち上げは賞金で焼き肉だぁ！」とにぎにぎしい後者。こんなのこの彼等くらいでしょう。もう皆さん、緊張のかとりせんこうなのです。

さて開幕。あのコンビの次が弱気な〝プラズマ〟。飛び出た時からあった予感が的中。なんか寂寞とした雰囲気。時折微かな笑い。ヤバいぜこれと以心伝心な彼等。

遅々とした時間なんですよね。こんな場合って。

ヒトが嫌いな〝ワラワレル〟ですが、それは〝嗤われる〟ってイミですね。彼等はどこかその方面で、〝笑われる〟を自ら汗水（冷や汗か）かいての熱意、裂帛の気合。

どうやら焦燥は爆笑に変化はしないようで。同じ笑いでしょ。この不器用な二人制限時間を潰せるかが心配になってきた。「やっぱ来るんじゃなかった」「時期尚早だったな」。彼らはもう一切お笑い芸人を諦めて、ただのサラリーマンになるともう脳裏にあるんじゃないか、と。

漸く時間がきて、後者の憎たらしいのが登場。「はーい、モンキーパンツでーす」（とって付けのネーミングだが）とかなんとか会場大爆笑。

裏であの例の前者サン、泣いてるかもしれない。だーって引き立て役も同然。プライドもズタズタ。プロは何故か〝あっ、笑うトコだ、おかしいんだ〟なる意識、周りに釣られて自分もつい笑っちゃう、なーんてありませんか？　心理なんですね、詰まり。

弥縫が失敗したらそれこそ惨劇で、助けてくれる司会者も当惑顔で凍り付いてるし…最近のお笑い芸人は名門大学出だそうですが。

でも考えてもみ。〝恥〟はかく為にあり〝後悔〟は後になってからじゃないと出来ないもの。そーゆー理なのっ！

だから「出なきゃよかった」なんぞ言うんじゃない！　しっかし何だかんだ言い合いながら叩き合い、というかほぼ殴り合いのコント、あれ観てると〝ホンキでやってんじゃ…〟というようなコンビもいます。日頃の相方への鬱憤もあるようなの。

連発式のパチンコ（やったコトないけど）みたいに喋るわ喋る、もう酸欠状態のキンギョをつい思い浮かべるのもあります。

こういうとこテレビの政治家サンの討論会みたいだなぁ。

例の二人は〝個性的諧謔〟を目指して欲しいです。

26　オフクロの味からの脱皮

あるキャンディを嘗めながら〝ママの味でよかったなぁ、パパの味なんてキモチ悪ィしなぁ〟なんて思って、ふと（オフクロの味）っていうのがあるけど、こういうの男性側が連発すると思ったんです。

女性が使ってるのは聞かないですね。これは大昔、ＴＶコマーシャルの「ボク食べるヒト、ワタシ作るヒト」に通じるような……気ィしただけです。はい。男子にだけインプットされるようで。

現代の（オフクロの味）の代表的なのが、カレーにハンバーグ。グラタン、ロールキャベツ等々の洋食の類。

今時のコは子供の頃に食べた料理、その母親は、おばあちゃんが世の中に流布されたエビフライなんかを定番にして、そのお母さん（ママ）に教えたんですから。当然と言えば当然の事。そしてママの味誕生、はじめのいーっぽ。

そして今現在になり（オフクロの味）、ズバリ〝手抜きの味〟になっちゃったんですね。だって、既に共働き、子供が出来、預けてまで就職で大変な目に。〝二十四時間働けますか〟をしに満員電車に。

こんな奥方を知ってるから、即席カレーを「ミチコのカレーが一番旨いなぁ」と言わせちゃうんです。そしてそれがダンナさんの実家の（オフクロの味）だったりして。

翌日夕食のテーブルには即席のミートボールが。たまの休日にはゆっくり手の込んだ料理を、と奥方。しかしこのダンナさん、もう（素の味）に慣れていて、一種の麻痺状態になっているのは確か。このダンナさんも似たような料理食べてきたんだもん。先の即席カレー、大好物だったりして。

さて、団塊の世代のおフクロの味は？

奥さんのお作りになる料理はしっくりこない。子供達中心になっていたから仕方ないのですが。

もう定年間際のご主人、会社が退いてから帰りに居酒屋で〝キンピラゴボウ〟や〝肉ジャガ〟を堪能。嗚呼、オフクロの味、ここにあり、とかね。

詰まりこの時代〝サバの味噌煮〟だったり〝サトイモの煮っ転がし〟だったりと和食系ばかり。このご主人の母親は大正生まれ「和食の方が幾らか安くつくから」なる理由だったたり。

奥さんは昭和生まれだし、子供の喜びそうな食事も作れるからか、何となくクリスタル、ではない。味が若向きというのか。

若い娘さん、年嵩の男性には煮魚は煮汁が沸いたら魚を、ね。男のヒトは何故か手料理に弱いから。

それはそれでいいのですが、独身貴族の男性、独身姫族の女性はなーんかキッチン（台所ではない）に立つイメージが湧かないんだな、これが。

外食、それもヨコモジの洒落た店の常連かなんか。

しかし（しかしが多いが）残業でラストオーダーにも間に合わず、の時も遅くまでやってるピザのデリバリーにならず「遅いねぇ、何食べる？」と常連だからとて不自然なドラマ。だから厭なんだ！

リアルな世界にいて、もうママの味も忘れてる君は空腹でお外は冷たい雨が降ってるとする。

いつものコンビニにも近所のラーメン屋にも行けない、行きたくない。

仕方ない、と台所に。冷蔵庫の中にはビールとチーズ、卵にハムが入ってる（とする）。後は朝メシの食パン（何でメシなのにパンなんだろう）とビールのおつまみの缶詰類。

彼女と同棲してて、なんか作ってくれたら、と思う（実際彼女なんて居ない）。けど母親と同居してたらとは思わない（思う人も居るが）。

そいでいて、あん時のアレ、旨かったなぁ、のアレも多いんですね。

子供の時の友達を思い出す。人数を数えてると、折角のツナ、チーズトースト。

そいでもザリザリって（オフクロの味）に馳せるのでした。おわり。

と、ここで当方、二つ目のキャンディを口にして、男性には（オフクロの味）のTHE ENDなんてないんだなぁって感慨したりするんですが。そうでしょ、お母さんが先に逝くのが通常だから。謂わば遺伝子なんです。(オフクロの味)って。意識してないけど、受け伝えられていた、そう結局(オフクロの味)からの脱皮なんて出来ないんですから。

27　閉店前のスーパーの

夜のスーパーは宝庫だったり、屑入れだったりするのです。

現在は二十四時間営業の所も多いですが、当地では九時で、はい、おしまい、なのであります。そんで〝宝庫の場合、半額で、豪華七福神弁当〟が買えたりするし、〝屑入れ〟は「お惣菜コーナー」はカスカス。

不味いのか、必ず〝八宝菜〟やら〝酢豚〟と〝レバニラ炒め〟、一、二点、があればいい方で、ただ台だけがムキ出しに索莫としている時も、ここ、中華系がちょっと……です。

三〇%はまず大した事はない、(五%オフのルミ姉、小雪さんに似てるような……)。半額ギリギリ、ここまで忍耐が要るんですね。ニィちゃんネェちゃんの店員さんがシールを重ね貼りした時を見計らって買うのがお利口さん、おウチの主婦と家族は夜のスーパーの争奪戦の頃にはまず来ないんです。

何故なら夕食の後は、テレビなんぞを観てるかで、団欒のひととき。

「ママ、今日のトンカツ揚げ過ぎだったよ」とかさ。

夜食べるとブタになる、つうコトバから〝トンカツ〟が脳裡に閃めいたのですが、その〝カツ丼〟さえも残っている日もあったりするんです……半額で……。

「腹へったなぁ、インスタントのカレーも作るの億劫だし」の金欠青年よ、もー少し待ちなさい（後は当方は責任切った）。

こーやって彼女が居ないのか、作ってくれる人も居ない独身のサラリーマンや大学生（とおぼしき）、これから作んのやだ！という若いＯＬがぽつぽつ、あ、男性の方が多いです。

眠るのには早いんです、当方には。テレビも最近観ない、耽読も老眼になってからゼロ、でも……の時、いざ戦地へ赴く当方。

時間としては七時四十分頃がいいんですね、歩いて五、六分のスーパー、見当が付くんです。カスの中でも手頃なカス、例えばチャーシュー五枚入り一パック也、（中華でもこれはマシ）、サラダ類は嫌いなので買いませんが。

コンビニエンスストアはぜーったいやらんこの割引。

そのお弁当なんか美味だし（残ってればね）、パスタもあるし。

食品ロスなくって廃棄されちゃうのは前者のスーパーの余りモンの野菜や売れ残りの弁当かもしれないけど、コンビニエンスストアのはバイトで雇ったのに食事として出されるんです。えっ、食品ロスって生鮮食品のみ？

お弁当　行方はお口がゴミ箱か　　菅野紅
肉野菜　これも割引きすべき物　　菅野紅

と苦しい句を二つ作ってみましたが、軍配はコンビニエンスストアに挙がるでしょうねぇ、時間との駆け引きはありませんが。

さて、それよりも「二十四時間スーパー」が断然いいのはお分かりですよね。

朝から夜十一時まで百二十円だったキャベツ、午前零時を回ったどの時点で九十八円になるのだろうかという事、まぁ店側の規程はありますが。

「だーってよぉ、もう今日じゃんかよぉ……」とスゴんでみせる厳つい図体の大きなオジさんだけには九十八円で売ってしまった……その店員さん、入社したばかりのこのチェーン店の若手でした。ベテランならこんな事態にならなかったんですが。

これは売った方にも〝恐喝され密売〟の罪になるんでしょーか？

彼は真面目、小心者、彼女ナシ（これは関係ないか）、こんな人ほど蹉跌を踏み易いんです、でしょ、分かってくれるでしょ。キャベツ店員……いや、キャベツ君、自責に嘖まれ……と、キャベツ君の事はまず念頭から離れて頂きます。さてさて……。

二十四時間営業の制度は色々問われてますが、需要はあるんですよ。

薬局・ドラッグストアなくて是非、という感じだし、仕事が遅い人は店が閉まった時に空腹だったりする訳でして、夜更し―空腹―悪いモンを食べる―ドラッグストアの公式も作ろうとすれば作れるんです、はい、そうでしょ。そー思って……。

で、これで安心して病気になれるんであります（何かヘンだが）。

で、キャベツ君、再登場。

こんな青年がこのテの店に向いてるんですね、薬学部へは行ってませんが。単にスタッフなら雇用価値があり、転職したって十分やっていけると、当方は思うのですね。

と、午前零時五十四分、ここで食べると必ず眠るんです、働くには利でも、そうじゃない当方、目ばかりが冴え、アウト。コンビニ行って睡眠サプリでも買って寝よっと。

28　早慶戦

当方の父方の親戚は新宿に在るんですが、その親戚の伯母の家に行くにはあの〝早稲田通り〟を通らなくてはならないのであります。

もうこれは当方の大いなる偏見だと分かっているのですが、この通りを行き来する若い人全員が早稲田大学の秀才達に見えて、当方は（あっタダのヒトだ、ばーか）と思われてる気が。

ワセダとて　本を正せばタダの人　菅野紅

なんて負け惜しみ、多分優秀な兄を二度も振った大学だから、そーとーデキのいい頭の持ち主なんでしょうよ、ふん……成金大学め……。

思うに早稲田大学は「英語」なんですね。これが（どれも苦手だったけど）嫌いな当方は、受け付けないいんです、はい、そーしとこ。英語なんてね、チミぃ、一番易しい語学なんだよね、出来ないのはやっぱアホ、とほら。

ワセダ・カラーなんて、「何だドドメ色じゃんか、厭な大学はヤなのっ！」

ならば名もなき大学の方が数段いい。これは自分が〝ぴっかぴっかのー大学生〟にならなかった（なれなかった）ので、僻み、妬み、諸々のタグイ。

当方が若し才嬢だとしても（想像つかん）ワセダなんかを選ぶかぁ!! ホント。

このブランド大学、そうだ、名前が、肩書きが当大学であれば、皆が「すごいねー」なんつって言わせちゃうところ、「ワタシ、英検一級なの」と同じ。ブランド物には敵対心さえあり、英語と訊くと虫唾が走る。以上が理由なんですがぁ、弱い？

などと脈絡なく書いてしまったけど（当方にも収拾つかん）、彼・彼女等が（女子大生はちと変だが）弊衣破帽の気質を少ぅしでも残していれば、ねぇ、しかし現在は〝ワセダ・ボーイ〟なくって気取り、女子はキレイキレイ（ハンドソープではない）と両者洒落た身なりをしてますが、服装と勉強は比例すんのかなぁ。

そして慶応義塾、当方独断就職活動で一度行ったきりで、この大学には別に好意も敵意もなし、なんですね。

で、こちらはフランス語を感じさせます。フランス語は英語に比べ、話せる人は少ないから安心（どーいう心理だ）なんであります。一生懸命お勉強してね。

あの界隈を歩いてみたとしても〝やーい、バカ〟なんて思う人がいなさそうなんです。金持大学（ブランド大学には相違ないが）はお上品なのでしょうか？

万事控え目（のような気がする）んですね。

同様に入れっこないのに〝万有引力、あれデタラメでした、じゃんじゃん〟、て風で杞憂してもいないのに、本当に天が落ちてきたなんて。

フランス語大学には嫌味は余り感じず（全くではないが）。ただ校歌、というか応援歌は、ねぇ、うーんの世界。質素で粋な慶応義塾生らしくないし、なぁ。

この「唯我独尊」的なところ、フランス人がフランス語しか話さないような。

そーだ、慶応の学生って、愛校心が強く、その他の大学の外に超然として睥睨してる、というカンジ（悪口ではありません）。

垢抜けて　洗練した容姿と　お勉強　　菅野紅

フランス語、小学生にはまだ早い、こっちは（ワセダに比べ）釣り合っている気がするし、自分は慶応の学生なんだぞ、と誇張しない奥圧しさ、とまではいきませんが、ねぇ、吹聴するのは……居ないなぁ。

その家のお母君も、得意気に流布せず泰然と（しているつもり）、静かに我が息子、娘を見ている、そんな、……考えすぎかぁ、別にこの大学を贔屓してるんじゃないです。当方、ブランド校はみーんな嫌い、どっちかというと本音だから。

東大？　京大？　もうここまできちゃったら心ここにあらず。

一橋大学辺りでヤなカンジと思う（別に悪意はないです。）くらい。

東京の大学があかんので、祖父（母方の）は北海道大学とか地方の名門の大学は何故か許せるのはどー考えてもヘンだけど、東京から北へ南への大学に行くのは、ブランド意識多な人、本当に勉強したいから、とこれも見解が歪んでる、と分かってます、はい。

で、現代では大学へ進むのが当たり前という風潮ですが、ただ単に「皆が行くから」から始まったのは、どーかと思うんですよね。主体性が東大よりマサチューセッツ工科大学へ行く事だったりしたら、当方どーしたらいいのだろーか？

木枯らしの中の　早慶戦は　もう終り　菅野紅

ノーサイドの君やあなたは滑り溜めに行ったか、そして又始まる早慶戦。早慶戦は冬。

29　呆然会

当方、若い時零細企業に勤めていたんですが、秋口に入社したので早々に忘年会になりました。

料亭……ん？　小料理屋？　まぁ日本料理を出す……何つうんだ、そこに行くんですが、皆そわそわ楽しそう、で、夜の目黒に繰り出したんですね。

目の前にはあの頭付きのサカナ、詰まりお造り。うわ、食べられるもんがない（好き嫌いが多い）。

天ぷらは遠くにあるし、あっそだそだカニがあった、でも食べられる訳じゃない。人はコレを食べると無口になるっつうか、当方無言。

で乾杯、当方十九歳でその頃飲酒は禁止、勧めた方にも罰則アリ。

が、この忘年会は新入社員の歓迎会も強引な牽強付会で行われているんです。ありがとよ。当方のコップにもビールが注がれてしまい食べられるモンがない事もあり、飲んでしまったぁ……。お飾りのパセリなんかを口にしつつ。

牛肉のたたきは若干火が通っていたので食べてみる（ネコ的に臭いを嗅いでから）。ビールに次ぐビール、多少の食べられる物が減る一方。

しかし周りは気付かないで、アルコールに夢中。よし、いいから酒浸りになってくれ。和気藹々と座は和むが、大人のお楽しみ会ですね、これは。

ケチケチ零細企業、そこまで用意して有難迷惑、ですが、ボーナス、てもん入社して間もない当方（も一人居たが）は貰えないのかなぁ。

なんて、ウサギの如くに葉っぱを食べながら考えてましたね。そんでこの苦痛な忘年会から解放され、早く寝たいとか。

あ、あっ、信じられない、ボーッとしながらビールの中壜一本と三分の一、空けてるぅ。

救いは〝かくし芸〟なるのを強制的にやらせない事だけ。

これで、ストレス溜まる会社の社員サンもいらっしゃるんだろーなー。

特訓の日々、精神的〝大リーグ養成ギプス〟を毎日身に着け、一刻、一刻と時間は過ぎ……で、彼はストレス性の胃炎になり、入院が決まり、いそいそとハミガキなんかを用意するんでした。

そんな例は珍しくて、無礼講なくって言っておいた部長、次の日には「あの野郎」に委ねるし、一種のパワハラの忘年会も存在してます。

お花見の場所取りより辛いシーズンって人だっていますね。

忘念会が恕念会にならん事を祈ります。

で、当方のチンケな会社の忘年会〝ネチネチといつまでやるんだ、このヤロー〟と心の中で思いつつ、ただボーゼンとしてた当方。〝明日もコキ使うクセに〟なんて思ったり。

けどねぇ、急に年は忘れられないもの。なのにたった数時間で〝昨日までの嫌なコトはなかったことにしましょう〟なんて、ねぇ、虫がよくない？　じゃ、明日も〝なかったコト〟にしてくれますか？　チーフ、今年は後、三、四日あるんです。

ニオイを嗅ぎながら「食用に適してるモノ」を食べ尽くした当方はボーゼンとしたままで現在進行形。

カネ取られてもいい、忘念会は不参加にしたい。だって殆ど口にしてないんだもんよ。これで会費を払うなら、尚も返金を要求されても文句言わん。

時の過ぎるのが遅々としてるったらないのです。

で、ビール、トイレ、ビール、第一これには利尿作用があるからなぁ。トイレに閉じこもっても気付かれそうにないから、と思ったんだけど、前の席の同じ時期に入った「ビール男」が不審に感じそうなので、結局戻るのでした。

まだ宴たけなわ。いー加減にせい、馬の小便じゃあるまいし、と思うよ、全く。で約五時間後、やっとお開き。疲れました、ホント。

お開きの挨拶なんて聞くかっ！

駅に着き他の社員と別れて忘念会は終わったのですが、これでイヤな年の一日が潰れた訳です。何が年を忘れる、だ!!

果たしてこれは一体当方にとって「呆然会」でありました。ただボーゼンとビールを飲んでハッパを食べてただけなんですから。

下宿でもただボーゼンと布団を敷きラジオからはクリスマス・ソング。

それを矢張り呆然と聴き、クリスマスにしては最悪だった、と思いながら冷たい布団を頭から被り、忘念会、転じて呆然会となりにけり、なんて感想をもたらしたのです。

著者プロフィール

菅野 紅（すがの くれない）

神奈川県相模原市生まれ。

千葉県在住。

愚者では引けを取る者なし。

何かシラけた ―最後の万難―

2021年10月15日　初版第１刷発行

著　者　菅野 紅
発行者　瓜谷 綱延
発行所　株式会社文芸社
〒160-0022　東京都新宿区新宿1－10－1
電話　03-5369-3060（代表）
03-5369-2299（販売）

印　刷　株式会社文芸社
製本所　株式会社MOTOMURA

©SUGANO Kurenai 2021 Printed in Japan
乱丁本・落丁本はお手数ですが小社販売部宛にお送りください。

送料小社負担にてお取り替えいたします。

本書の一部、あるいは全部を無断で複写・複製・転載・放映、データ配信することは、法律で認められた場合を除き、著作権の侵害となります。

ISBN978-4-286-22748-1